전종문의 이야기가 있는 詩 ❷

가장 행복했던 날

진종문의 이야기가 있는 詩 ❷

가장 행복했던 날

발행일   2017년 8월 4일

지은이   전 종 문
펴낸이   손 형 국
펴낸곳   (주)북랩

편집인   선일영   편집   이종무, 권혁신, 이소현, 송재병, 최예은
디자인   이현수, 이정아, 김민하, 한수희   제작   박기성, 황동현, 구성우
마케팅   김회란, 박진관, 김한결

출판등록   2004. 12. 1(제2012-000051호)
주소   서울시 금천구 가산디지털 1로 168, 우림라이온스밸리 B동 B113, 114호
홈페이지   www.book.co.kr
전화번호   (02)2026-5777   팩스   (02)2026-5747

ISBN   979-11-5987-702-5 04810(종이책)   979-11-5987-703-2 05810(전자책)
         979-11-5987-687-5 04810(세트)

이 도서의 국립중앙도서관 출판예정도서목록(CIP)은 서지정보유통지원시스템 홈페이지(http://seoji.
nl.go.kr)와 국가자료공동목록시스템(http://www.nl.go.kr/kolisnet)에서 이용하실 수 있습니다.
(CIP제어번호 : CIP2017018775)

(주)북랩 성공출판의 파트너

북랩 홈페이지와 패밀리 사이트에서 다양한 출판 솔루션을 만나 보세요!

홈페이지 book.co.kr   •   **블로그** blog.naver.com/essaybook   •   **원고모집** book@book.co.kr

가장
행복했던
날

전종문의 이야기가 있는 詩 ❷

북랩 book Lab

알량한 시인의 잡동사니 이야기

　나는 시인(詩人)이요, 수필가라는 이름을 얻었다. 물론 내가 시인이요, 수필가라는 이름을 얻었다는 것은 문예지의 등단 과정을 밟았다는 사실과 무관한 것은 아니지만 나는 그것을 자격 취득으로 생각지는 않는다. 글은 누구나 쓸 수 있는 게 아닌가.

　스스로 생각해도 내가 글을 잘 쓰는 사람은 아니다. 그냥 글을 읽는 게 좋고, 글을 생각하며 시를 짓는 시간이 즐겁다. 그러면 시인이요, 작가가 아닌가. 나는 나와 같은 이런 문필가들이 우리 사회에 많았으면 좋겠다는 생각을 한다. 그냥 시와 생활하고 즐기는 작가들 말이다.

내 선친(先親)께서 하신 말씀이 있다. 미친 사람도 하루 종일 씨부렁대다 보면 그 속에 한마디라도 옳은 말이 들어 있는 법이라고. 나는 재주가 없어서 나 자신을 알량한 시인이라고 지칭한다. 그래서 그렇겠지만 내가 생각해도 내 글이 심오하지 않다.

이 책에서도 그렇고 그런, 내 주변에서 경험한 시시콜콜한 얘기를 썼다. 그런 글을 왜 썼느냐고 묻는다면 부끄럽지만 제 선친께서 내게 해 주신 말씀으로 변명할 수밖에 없다. 그냥 한마디라도 유익이 있었으면 하는 아슬아슬한 마음

다 아시는 얘기지만 글의 소재는 따로 있는 게 아니다. 우주의 삼라만상(森羅萬象), 세상의 우수마발(牛溲馬勃), 모든 사상, 모든 생각, 모든 사건, 심지어 현실에 없는 상상의 세계나 소망하는 가치가 모두 글의 재료다. 그리고 그것들을 문자라는 매개체로 아름답고 운율에 맞게 지어져 자신뿐 아니라 다른 사람을

감동시키면 작품이 되고 시가 된다. 그래서 소수의 사람에게라도 정서 안정에 도움이 되고, 잠시라도 그들에게 정신적 기쁨을 주면 만족한다. 의미를 거기에 두고 나도 이 글을 썼다.

　한 제목의 글에 산문과 운문이 섞였다. 시를 설명하기 위해서 산문을 쓰기도 했고 이야기를 쓰고 나서 이걸 시로 만들면 어떨까 해서 시 형식을 갖추어 내놓기도 했다. 이래저래 어설프기는 마찬가지다.

　살다 보면 때로 심심하고 무료할 때가 있지 않은가. 그때 읽으면 될 것 같다. 이 책을 읽어주시는 모든 분에게 평안이 있기를 빈다. 나는 그분들에게 지금 매우 감사하다. 미리 감사의 말씀을 드린다.

2017년 8월

魚隱　田鍾文

| 차례

전종문의 이야기가 있는 詩 ❷
가장 행복했던 날

| 차례

가장
행복했던
날

남도 문학 여행

　같은 생각을 하는 사람끼리 여행을 한다는 것은 즐거운 일이다. 벌써 오래된 이야기가 된다. 문학 여행이라는 이름을 걸고 '창문' 동인들이 승합차를 타고 남도 여행을 한 일이 있다. 섬진강을 따라 달려 화개장터와 하동, 토지문학관을 다녀왔다.

　때는 가을의 문턱이었고 우리는 마음껏 자연을 즐겼다. 세월이 가면 추억만 남는가. 그때에 써 놓은 글이 발각되어서 이렇게 덧붙이게 되었다.

천 리 남도길

시(詩) 찾아 나섰더니

구불텅구불텅

섬진강 300리

물길 따라 길 나고

길 따라가는 나그네들

가을이 좋아온다

가을은 시인들이 있어 설렌다

저, 시인의 샘에서

우러나오는 순정(純情)

하늘을 청명케 하고

가을을 채색한다

뉘 알랴

시인의 호흡으로 이는 소슬바람

마음 풀어헤친 푸르른 강줄기

쏟은 열정이 화염처럼 번지는 들과 산

시인은 표연히 시(詩) 찾아 떠나고

가을은 시인 따라 영그는

남도 문학 여행

– 남도 문학 여행 –

속초행

이 목사님은 작년에 정년퇴임을 했다. 원로목사가 되었다. 시간을 자유스럽게 사용할 수 있게 된 것이다. 이분이 지난 연말에 내게 제안을 해왔다. 정초에 속초에 같이 가서 하루 쉬고 오자는 것이었다. 물론 나를 배려하는 취지였지만 연초에 있는 행사 때문에 망설이다가 허락했다.

누구나 그렇지만 목회자도 쉬는 것이 일이라고 하지 않는가. 유혹을 받고 보니 좀 쉬고 싶었다. 목사님 내외와 우리 내외가 잠시 조용한 시간을 가지는 것도 정서상 괜찮을 듯싶었다.

이 목사님은 속초를 좋아한다. 나이 들면 속초에 가서 살겠노라고 하더니 이미 아담한 집도 한 채 사 두었다. 바다와 산과 호수가 어우러져 있고 먹거리가 풍성하며 공기도 맑지 않으냐고 자랑한다.

가는 날은 날이 흐렸다. 우리는 이 목사님이 운전하는 승용차 안에서 시시콜콜한 얘기를 나누면서 즐겼다. 이런 때는 무슨 심오한 얘기보다는 이런 시시콜콜한 얘기가 제격이다.

바쁜 일 없으니 천천히 가면서 주전부리도 하고 시장하면 사먹었다. 점심은 길가에 즐비한 음식점 중 한 곳을 찾아서 먹었다. 나는 속초행 길에서 이런 소감을 남겼다.

겨울을 맞으러 속초로 향하네

시원하게 눈 한 번 내리지 않은 서울을 두고

우중충한 하늘은

뽀얀 안개를 내리고

잎새 떨어트린 나무들

내린 눈 위를 시린 발로 서 있네

그 많은 새들은 다 어디로 갔는고

산은 적막이 숨 쉬고

우리는 수묵화 속으로 점점 빠져드네

연도의 순두부집도 침묵에 잠기고

황태, 막국숫집도 허전하게 길가를 지키네

눈 짙어지고 장엄하게 서 있는 울산바위

오르고 싶은 설악과 청대산

싸늘하지만 그래서 뜨거운 바다

얼른 달려가고 싶네

속초의 겨울은 이마를 차갑게 하지만

가슴을 뜨겁게 한다지

하룻밤을 지내도 한 해를 보낸 듯하고

한 해를 보내도 하룻밤 지낸 듯하다는

꿈과 이야기가 있는 속초를

이 정초에 찾아가네

내가 속초를 맞으러 가는가

속초가 나를 맞이하고 있는가

- 속초행 -

저녁은 시장에 가서 장을 봐와 지어 먹었다. 먹고 나니 피곤이 몰려와 몇 마디 나누지 못하고 곯아 떨어졌다. 아침 식사 후에 물 좋은 곳에 가서 사우나를 하고 푸른 바다를 봤다. 언제나 막힌 가슴을 열어주는 듯한 상쾌함을 주는 바다! 영겁을 그렇게 밀려와 부딪쳤다가 부서지는 파도가 좋다.

어떤 고민이나 걱정 없이 각박한 세상에서 해방을 맛보는 즐거움. 짧은 일정이지만 우리는 슬리퍼 끌고 이웃집 다녀오듯 가벼운 마음으로 자유와 평화의 나라에 다녀왔다.

남녘 여행

시찰회에서 조치원으로 여행할 일이 생겼다. 정확히 소재지를 말하면 세종시 조치원읍 장안리에 있는 솔샘 교회다. 그곳에서 목회하는 김상호 목사님이 우리 노회에 가입하고자 했기 때문이다. 아무나 가입하고자 하면 가입시킬 수 있는 게 아니라서 일단 우리 시찰원들이 찾아가 사정을 조사하기로 했다. 가입에 적합하다 여겨지면 노회에 청원하여 허락을 받아야 비로소 가입되는 것이다. 이 절차를 위해서 우리 시찰원 5명이 승합차를 타고 조치원으로 향했다. 봄이 오는 3월 초순이었다.

우리 교단의 경우, 총회 산하에 지역별로 노회가 조직되어 있고 노회 안에 시찰이 구성되어 있다. 이 시찰회는 정치적인 기구이긴 하지만 시찰 내의 목회자들의 자유스런 친목 단체 역할을 더 많이 하게 된다.

목회에 지치면 여행도 하고, 함께 목회정보도 나누고, 기도도 하고, 연합 사업도 하고, 휴식도 취하면서 영적 충전의 기회를 얻는 것이다. 우리는 함북 노회에 소속되어 있고 경기북 시찰이다. 내가 처음 시찰회에 가입한 지가 엊그제 같은데 지금은 곧 은퇴를 앞둔 연장자가 되었다.

이번 여행은 위대환, 김정호, 노경우, 이상은 이상 4분의 목사님들이 동행했다. 교회 안에 갇혀 있다가 밖에 나오면 모두가 상쾌한 마음이다. 물론 나는 이분들의 배려와 도움을 많이 받게 된다. 대접받고 섬김을 받는 것이 미안하기도 하고 감사하다. 내려가면서 느낀 소감을 이렇게 남긴다.

남녘으로 내려가는데

봄기운이 올라오고 있다

차창 밖으로

나른한 산야의 하품소리가 들리고

아직은 칙칙한 옷 다 벗지 못한 수목들

찬란한 빛

상쾌한 바람에

정신을 가다듬고 있다

지금 수액을 빨아들이고 있는가

승합차 안에도

전달되어 온 봄

답답함으로 얼어붙었던 마음들이

씨앗 뿌리기에 좋은 땅처럼

서로 격려하고 위로 나누면서

긴장을 푸니

보드랍다

- 봄나들이 -

4월의 함성(喊聲)

　지난 겨울은 유독 추웠다. 눈도 많이 내렸다. 많이도 내렸지만 늦게까지 내렸다. 3월 하순에 함박눈이 내리기도 했다. 그래서 좁은 땅덩어리 한반도, 그것도 허리가 묶여있는 이남(以南)에서만도 남쪽의 꽃 소식과 중부 지방의 눈 소식을 동시에 들어야 했다.

　그러나 지금은 4월이다. 뜨락에 새싹이 돋고 개나리와 목련도 피었다. 그렇게 매서운 바람을 맞으면서도 나무들은 꽃을 피워야 한다는 사명을 잊지 않고 있었던 것이다.

어린 시절에 토담 밑에서 쪼그리고 앉아 쬐던 그 봄볕이 지금 우리 앞에 쏟아지고 있다. 아, 따뜻함! 지난겨울의 추위가 혹독했기에 이 온기가 더 고귀하게 느껴지는 것일까. 잃어버렸다 되찾은 보물처럼 소중하게 여겨진다.

4월에는 함성(喊聲)이 있다. 밀려나지 않으려고 완강하게 버티는 동장군(冬將軍)을 구축(驅逐)하는 자연의 함성이 들려오고 얼어붙은 땅을 밀고 올라오는 새싹의 함성이 있다. 거기서 우리가 증오는 사랑에 쫓기고 온유(溫柔)는 완고(頑固)를 극복한다는 진리를 배울 수 있다면 얼마나 다행일까.

4월에는 생명의 함성을 들어야 한다. 굳게 닫힌 무덤 문을 깨뜨리고 나오신 예수그리스도의 침묵의 함성을 들어야 한다. 죽음을 이기신 생명의 함성, 미움을 극복하신 사랑의 함성, 불의를 일축(一蹴)하신 정의의 함성, 허위를 용납하지 않은 진리의 함성! 4월에 부활절이 있다는 것은 얼마나 적절한가.

우리는 일어나야겠다. 그 함성을 들으면서 우리는 깨어나야 겠다. 나태와 게으름의 자리에서 일어나야 하고, 무기력한 영적 침체에서 벗어나야겠다. 깊은 사망의 잠에서 깨어 기지개를 켜 야겠다.

그리고 우리가 살아있다는 것에 노래를 부르고 우리에게 사 명이 주어져 있다는 것에 감사하며 그 누군가를 사랑할 수 있 다는 것에 감격해야 하겠다. 아, 겨울이 물러가고 우렁찬 함성 과 함께 도도히 봄이 왔다.

언 땅을 뚫고 나온

생명력

바람에 눕는다

부드럽기 때문이다

간지럽기 때문이다

– 새싹 –

아가(雅歌) 서에는 이런 아름다운 노래가 있다.

"겨울도 지나고 비도 그쳤고, 지면에는 꽃이 피고 새가 노래할 때가 이르렀는데 비둘기의 소리가 우리 땅에 들리는구나. 무화과나무에는 푸른 열매가 익었고 포도나무는 꽃을 피워 향기를 토하는구나. 나의 사랑, 나의 어여쁜 자야, 일어나서 함께 가자!" (아2:11-13)

7월로 접어들 때

벌써와 아직은 배다른 형제

그들이 만나서 7월은 무덥다

게으른 자여

아직도 절반이나 남았다고 말라

벌써 절반이나 지났다고도 말라

그것은 부지런한 자의 몫, 네가 할 말이 아니다

벌써 절반이나 지났지만, 부지런한 자여

아직도 절반이나 남았으니 서두르지 마라

느티나무에서 우는 쓰름매미

그는 지금 울고 있는 것이다

그가 한가히 노래한다고 착각지 말라, 게으른

　자여

그는 통곡하고 있나니

햇빛을 보기 위해 수년을 어둠 속에서 보낸 세월

고작 며칠로 끝내는 생애의 아쉬움

스스로 조곡을 보내고 있나니

- 7월로 접어들 때 -

　1년은 열두 달이다. 나는 그 열두 달을 지나면서 마음이 바뀌는 것을 느끼게 된다. 정월에는 기대와 희망으로 시작한다. 항상 그랬다. 3, 4월이 돼도 '아직은 초반인데 뭘' 하면서 느긋하다. 넉넉한 마음으로 꽃구경할 수 있다.

그러나 11월이나 12월에 들어서도 그 마음일 수 없다. 뭔가에 쫓기는 듯한 조급함이 생긴다. 아쉬운 마음도 들고 허무한 생각도 든다. 그리고 새해를 맞는다. 다람쥐 쳇바퀴 돌 듯 그렇게 살아왔다. 그러다 보니 세월이 흘렀고 나이를 먹었다. 세월에 얹혀 산 것이다.

6월을 보내고 7월로 접어들 때는 어떤 생각이 드는가. 한해의 절반을 보내는 시점이다. 어떤 사람은 '벌써 반이 지났구나' 할 것이요, 어떤 사람은 '아직도 반이나 남았구나' 할 것이다. 시간을 바르게 쓰는 사람과 함부로 쓰는 사람의 소회가 다를 것이고 매사 긍정적인 사람과 부정적인 사람의 생각이 다를 것이고 넉넉한 마음으로 여유롭게 사는 사람과 조급하게 쫓기듯 사는 사람이 다를 것이다.

그러나 분명한 것은 세월은 멈추지 않는다는 것이고 그래서 너무 조급할 필요도, 그렇다고 여유를 자랑하며 너무 한가하게 보내서도 안 될 것 같다. 주어진 환경에서 성실하게 일하며 시간에 구애받지 않고 오히려 시간을 다스리며 살 수 있다면 행복한 사람이 아닐까.

겨울을 입은 가을

영동 지방에선 자주 가을과 겨울이 겹친다. 가을이 다 가기 전에 겨울이 찾아들기 때문이다. 단풍으로 물든 산의 경치는 얼마나 아름다운가. 자연이 꾸며 놓은 장관에 숨이 막힐 듯하다.

그런데 그 잎들이 지기 전에, 아직도 그 화려함을 벗지 않았는데 성급하게 눈이 내리기도 하는 것이다. 거의 기습적이다. 그러면 가을 산에 오른 등산객들이 가을 속에서 겨울을 맞는 것이다. 그리고 그들은 덤으로 또 하나의 경치에 도취되고 감동할 수밖에 없다. 가을이 겨울옷을 입었나, 겨울이 가을옷을 입었나 잠시 어리둥절해지는 것이다.

그날에 설악산에 눈이 내렸다. 아직 단풍이 화려한데 가을이 머무적거리는 사이에 조급한 마음을 가누지 못하고 겨울이 함박눈을 쏟았다. 이 아름다움을 어떻게 표현해야 하는가? 나는 저 알록달록한 색깔에 하얀색이 가미된 신비를 표현할 수가 없었다. 그저 냉담하게 이런 글을 남길 수밖에 없었다.

겨울은 기습으로 눈을 뿌리고

앙가슴 파고드는 으스스한 한기(寒氣)

가을 안고 설악(雪嶽)이 떨고 있다

수레의 소란한 바퀴 소리

서둘러 오는 겨울이여

엷어지는 태양 빛 아쉬워하며

옷섶 가다듬는

가을의 머뭇거림

겨울을 입은 소소(蕭蕭)함이여

- 겨울을 입은 가을 -

장마철 단상

요구하는 양보다

더 내리는 비

지나쳐도 거절하지 못하고

저항조차 못하고

문드러지고 무너지는 줄 알면서

바라만 보고 있어야 한다

요즈음은

원하는 것보다

지나친 게 많다

햇볕은 너무 뜨겁고

바람은 너무 세차고

권세는 너무 강하고

기죽이는 돈놀이

누가 조절해 줄 수는 없는가

- 장마철 단상 -

전 세계가 자연재해로 몸살을 앓고 있다. 앞에 '폭(暴)' 자가
들어간 단어들이 많이 쓰이고 있다. 폭풍, 폭우, 폭염, 폭설….
자연의 폭력물들이다. 재해를 가져오기 쉬운 현상들이다.

농사를 업으로 삼았던 부모님 밑에서 태어난 나는 비가 많이 내리는 장마철에는 꼼짝 못하고 방에 갇혀 살았다. 부지런하셨던 부모님은 바깥일을 못하셔도 집안에서 새끼를 꼬든지, 멍석을 만들든지 하시면서 쉴 새가 없으셨지만 나는 방바닥에 엎드려 시원하게 내리는 장대비를 보면서 게으름을 피우는 경우가 많았다.

　예전엔 몰랐는데 나이가 들고 보니 일기만 우리에게 폭력을 휘두르는 게 아니었다. 조절되지 않은 폭력이 이 사회에 많았다. 그걸 좀 조절할 수 없을까? 장맛비를 보면서 난데없이 그런 생각도 해 보았다.

·
장마철 단상

비 오는 날의 단상

비가 무더위를 식힌다. 장대비가 시원스럽게 내린다. 누구의 눈치 볼 것 없이 죽죽 내린다. 어디로 떠나도 될 성 싶다. 적어도 등짝에 땀은 안 날 것 같다. 여름에 땀만 안 나도 그게 어딘가. 그럼에도 주저하는 것은 비를 맞으며 어디를 간다는 게 쉽지가 않다. 세상의 만사가 다 이런가?

한 가지가 좋으면 다른 한 가지는 좋지 않다. 그럼에도 다 가지려 하면 욕심이다. 돈과 권력을 같이 갖고, 지식과 재주를 다 가지려 한다. 거기서 문제가 발생한다. 하나는 포기해야 한다. 그리고 남이 부족한 것은 내가 보충해 주고 내게 부족한 것은 빌려서 쓰자. 사이좋게. 그게 사람 사는 사회고 공동생활이다.

038

그런데 나는 다 가져야 하고 남은 하나도 없어도 된다고 생각한다. 결국은 싸워야 한다. 가지지 못한 사람이 나누어 갖자고 대든다. 그러면 싫다고 방어한다. 이 싸움을 어떻게 말릴 수 있는가? 처음에는 마음속으로만 불평하다가 나중에 곪으면 터진다. 살기 위해서 싸우는 것이다. 죽기 싫어서 폭력을 들고 나오는 것이다.

그래서 사랑이 없는 사회는 다투고, 경쟁이 있는 곳엔 결국 시기와 미움이 발생한다. 성공했다고 고개 쳐드는 사람 앞에서 주눅드는 사람이 생긴다. 그것이 세상을 만든 분의 뜻이겠는가. 욕심이 세상을 어지럽히고 결국은 패망으로 이긴다. 욕심이 잉태한즉 죄를 낳고 죄가 장성한즉 사망을 낳는다. 백번 맞는 말 아닌가?

나누며 살아야 한다. 권력을 쥐었으면 억눌리고 소외감을 느끼는 사람들을 위해서 써야 한다. 재물이 많으면 없는 사람을 배려해야 한다. 지식이 많으면 무지한 사람을 우습게 여기지 말고, 남보다 조금이라도 뛰어난 것을 가졌거나 많이 가진 것이 있으면 나누며 살라고 주신 것으로 알자. 그게 진짜배기 사랑이다.

　그리스도는 권력자나 지식인들을 가까이하지 않았다. 그들은 얼마든지 스스로 살 수 있었기 때문이다. 가난한 사람, 헐벗고 굶주리는 사람, 병든 사람, 억압에 눌리고 갇힌 사람, 소외를 느끼는 창기나 세리 같은 사람, 그런 사람들을 찾아가 만나고 그들의 친구가 되어 주셨다. 그들은 스스로 견디고 스스로의 힘으로 살아가기가 힘들었기 때문이다. 누군가의 도움과 사랑이 꼭 필요한 사람들이었기 때문이다.

어떻게 이 마음을 품을 수 있을까? 비 내리는 밖을 보면서 나가지도 못하고 앉아있기도 싫은 엉거주춤이가 되어서 나 자신에게 짜증만 낸다. 사랑의 실천자가 되지 못하는 주제가 이론만 내세우다 보니 불평분자로 전락하는 꼴이 되지 않았는가. 비야, 쏟아져라. 시원하게 쏟아져라. 근심과 시기와 미움과 불평과 원망을 송두리째 씻어내라.

비 내리는 날

차분히 불평분자가 되어 본다

내 위선이 싫다

네 욕심이 싫다

흙탕물에 씻겨나가는 오물들이여

시원하게 목욕하는 세상이여

창밖엔

여전히

장대비 쏟아지고

- 비 오는 날의 단상 -

성추행(性醜行)

    최근 들어서 성(性)범죄가 많이 드러나고 있다. 말로 표현하기도 부끄러운 일들이 가정에서도, 직장에서도, 학교에서도 일어나고 있다. 폭행을 당한 대상자는 대부분 신체적으로 연약한 여성들이고 심지어는 장애인이나 사리를 분별하지 못하는 어린아이 등 무차별적이다.

    단속을 아무리 해도, 법이 아무리 강화되어도 줄어들지를 않는다. 그만큼 성(性)에 대한 욕구는 강렬한 것이고 속인들이 절제하기가 어려운 것이라고 말할 수밖에.

    그렇다고 방치할 수는 없는 일. 윤리 교육도 강화하고 타락

성추행(性醜行)

을 부추기는 사회 환경도 정비해야 할 것이다. 성의 타락은 그 사회를 병들게 하고 결국 멸망으로 인도하기 때문이다. 인류 역사를 보라. 한 나라가 망하는데 그 원인 중에 음란이 빠진 일이 있는가.

한편 성 문제가 대두되면서 나는 혼란스러울 때가 더러 있다. 도대체 어디까지가 성추행에 해당되는가 해서이다. 이성 간에 손잡는 행위도 그렇고 어린아이 머리에 손을 얹고 쓰다듬어 주기도 조심스럽다. 내 마음하고 상대방의 마음이 같지 않을 때도 있지 않겠는가.

사람들은 신체 접촉이나 어떤 행위가 드러났을 때만 범죄로 인정하지만, 근원적으로 마음의 생각까지도 범죄로 인정하는 성경의 정신에 이르면 얼마나 두려운가. 예수님은 "음욕을 품고 여자를 보는 자마다 이미 간음하였다"고 하셨다. (마5:27)

음욕을 품었다고는 할 수 없을지라도 예술이라는 이름으로 찍은 전라(全裸)의 사진이나 그림을 보는 것은 어떤가. 노출이 심한 사람을 보는 것은 어떤가. 민망하지만 어쩔 수 없이 훔쳐 본 일은 없는가. 점잖다고 하면서 더 큰 성추행을 우리는 하고 사는지 모르겠다.

어느 날 나는 전동차 안에서 미니스커트를 입은 소녀를 우연히 바라보다가 이것도 간접적인 성추행이 아닌가, 혼자 생각하며 씁쓸했다. 다 늙어서 말이다.

팬티는 보이진 않았디

그러나 스커트가 너무 올라가 미끈한 다리

허벅지까지 허옇게 드러났다

쳐다보지 말아야 하는데

045

성추행(性醜行)

아슬아슬한 게 눈에 밟혀

저래도 되나 하면서 보고

저 아이의 부모는 도대체 누굴까 하면서 보고

세상이 어떻게 되려고 저러나 하면서 또 보고

그 소녀가 전동차에서 내릴 때까지

열 번은 넘게 훔쳐본 것 같다

- 성추행 -

그때 왜 내게 프러포즈를 안 했어?

그때 왜 내게 프러포즈를 안 했어?

초등학교 여자 친구

40년도 넘고, 50년이 다 돼서 만난

예쁘던 티가 그대로 남은

그 여자 친구

옛날 얘기 나누다 불쑥 하는 말

사뭇 진지한 표정

아직도 초등학생답다

너는 너무 예뻐서

감히 내게 어울릴 것 같지 않아서

대답하려다 말고 피식 웃었다

– 넌 왜 내게 프러포즈를 안 했어? –

학교 친구 중에서도 초등학교 친구가 가장 이물 없다. 중학
교 친구만 해도 특별히 가깝게 지내지 않았으면 "그랬어, 그랬
어?" 하면서 말을 놓지 못하지만, 초등학교 친구들은 남녀 불문
하고 "그랬냐?" 하면서 말을 놓는다. 그야말로 벌거숭이 친구이
기 때문이다.

시골에서 초등학교를 졸업한 지가 벌써 50년이 넘었는데 지
금 살아서 서울에 사는 친구가 아마 3, 40명은 되는 것 같다.

그동안 유명을 달리한 친구도 들어보니 꽤 있다. 아직 살아있는 이 친구들이 한 달 걸러 한 번씩 모인다. 거의가 현직에서 물러난 사람들이라 시간의 여유도 있고 심심하기도 해서 자주 모이는 것 같다.

그렇다고 항상 다 모이는 건 아니다. 각자의 생활이라는 게 있으니 당연하기도 하겠지만 서로 돌아가면서 빠지는 사람은 빠진다. 지난번에는 이 친구가 못 나오고 이번에는 저 친구가 안 나오는 식이다. 아파서 못 나오는 경우도 있고 가정 행사 때문에 못 나오는 경우도 있으리라.

만나봐야 시시콜콜한 애기 나누다 헤어진다. 술 마시면서 옛날얘기, 지금 살아가는 얘기 하다가 얼큰해지면 노래방에 들르기도 한다. 머리가 허연 사람들이 노래한다면 얼마나 잘하겠는가. 세월에 한풀이 하듯 돼지 멱 따는 소리 지르다가 헤어지는 것이다. 그래도 재밌다.

나는 아직 현직에 있기 때문에 자주 이 동창 모임에 참여하지 못한다. 1년에 한, 두 차례, 아직 나 살아있다는 것을 알리는 식으로 얼굴 한 번 빼꼼하게 내밀어 줄 뿐이다. 그래도 만나면 반가워해 준다. 내 바쁜 사정을 알기 때문에 이해도 잘해 준다. 낸들 왜 친구들 만나는 게 싫겠는가? 자주 못 만나는 것이 아쉽기도 하고 미안하기도 하다.

　세월이 참 무상하다. 50년쯤 지난 후에 처음 만나보니 생판 모르겠는 친구도 있다. 이웃에 살았다든지 같은 반에서 공부한 사람은 그래도 기억이 나는데 다른 반이었으면서 더구나 여자는 얼굴이 기억나지 않는 친구도 있었다. 어느새 늙으신 우리 어머니 같은 얼굴이 되어 있는 것이다. 그래도 "야", "너" 하면서 얘길 나눌 수 있다는 것은 얼마나 즐거운 일인가!

　그런데 지난번에는 이런 일도 있었다. 열대여섯 명이 모인 동창회 모임에 미국을 오가며 바쁘게 산다는 여자 친구가 와 있

050
·
전종문의 이야기가 있는 詩 ❷ · 가장 행복했던 날

었다. 어렸을 적에도 컸는데 여전히 키가 컸다. 예쁘장한 그 얼굴도 윤곽이 그대로였다. 당시에 인기가 있어서 시쳇말로 잘 나가던 애였다.

나는 성품이 내성적이어서 고무줄놀이 하는 여자아이들 찾아가서 고무줄을 끊고 방해나 부리는 악동 노릇은커녕 그런 아이들 곁에 얼쩡거리지도 못했다. 그런데 생각지도 않게 만나게 된 것이다. 반가웠다. 서로의 안부를 묻고 이런저런 얘기를 나누는데 이 친구 불쑥 내게 묻는 것이었다.

"그때 왜 내게 프러포즈를 안 했어?"

여러분은 다 늙어서 갑자기 이성(異性)으로부터 이런 질문을 받으면 어떤 생각이 들겠는가? 나는 이 기습 공격 같은 질문에 어이가 없어 그냥 웃기만 하고 돌아와서 앞의 글을 남긴 것이다.

·

껌을 씹으며

이용 가치를 고려해서 사람을 사귀는 사람이 있다면 여러분은 그런 사람과 사귀고 싶겠는가. 그런데 이 세상 인심이 그렇게 돌아가는 것 같다. 제 마음에 들지 않아도 저 사람은 언젠가 이용 가치가 있겠다 싶으면 접근한다. 술자리를 마련하고 너스레를 떤다.

만 보 양보해서 거기까지도 좋다. 더러 이용할 만큼 이용했다든지 잇속을 다 챙기고 나서 더 이상 바라볼 것이 없다 싶으면 떠나든지 버리든지 한다. 그냥 헤어지면 오죽 좋으랴. 상처를 남긴다. 자신은 대단한 양심가인양 하여 상대의 비리나 부족한 점을 양심선언이라는 이름으로 내뱉는다. 역겹다. 구역질이 난다. 달면 삼키고 쓰면 뱉는 태도라 할까. 껌을 씹으면서 생각했다. 그러고 보니 내가 지금 씹는 껌도 단물이 다 빠졌다. 이를 어쩌나. 뱉어야 하겠는데.

이 시를 읽으며 행여 엉뚱한 생각은 하지 마시라.

너희들은 나를 그야말로 껌값으로 사서
더는 못 참겠다는 듯이
성급하게 내 겉옷을 벗긴다
달랑 남은 은백색의 속옷
내 몸뚱이 고이 싼 속옷까지 벗기면
나는 알몸이 될 수밖에
너희는 내게서 나는 달콤한 향기를

대충 음미하면서

입 안에 넣고

질겅질겅 씹어댄다

내 몸뚱이를 녹초로 만들면서

단맛을 빨아먹는다

씹고, 씹고, 습관적으로 씹다가

아귀가 뻐근하다는 느낌이 들기 시작하면

그제야 내가 언제 너를 사랑했느냐는 듯이

땅바닥에 뱉어 버리는 몰인정

단맛이 가신 것을 비로소 안다

그리고 또 새 것을 찾는

너희는 나를 껌이라 부르면서

값싸게 즐기려고만 든다

단물만 빨아먹고 버리는

그 이기주의의 얼룩

이 땅을 더럽히고 있다

– 즐겨 씹는 이들이여 –

·
껍을 씹으며

정상정복(頂上征服)

정상(頂上)은 매력이 있다. 나는 삼각산 아래서 꽤 오래 살았다. 백운대, 만경대, 인수봉은 삼각산의 정상이다. 나는 지금도 가끔씩 그곳을 바라본다. 바라보는 것만으로도 마음이 편안해진다.

한때는 산이 좋아 매일 산에 오르기도 했지만, 정상에 오르는 일은 용기가 필요했다. 겨우 두어 번 오른 일밖에 없다. 진정한 등산인들은 생명의 위험을 무릅쓰고 위험한 정상에 도전하지만, 도무지 나는 그런 경지에 미치지 못한다.

정상은 산에만 있는 게 아니다. 모든 분야에 다 있다. 특별히 접근하기 어려운 것이나 사람도 오르기 어려우면 정상이다. 그곳에 오르려면 오랜 훈련과 대단한 노력과 용기는 필수다. 그리고 무엇보다 자신이 그것을 좋아해야 한다. 오르다가 죽어도 좋다는 각오 없이 어떻게 에베레스트 산을 오를 수 있겠는가? 그러나 그런 위험이 따르는 상황과 높이 때문에 정상을 정복했을 때는 최고의 희열이 있기 마련이다. 정상에 깃발을 꽂자.

정상의 자리는 항상 도전을 받는다

나는 정복되지 않으리라
스스로 자기를 지킨다고 자부하는
콧대 높은 산꼭대기는
아무도 자신을 정복할 수 없으리라 생각한다

그러면서 은근히 자신을 정복해줄 자를 찾는

이율배반

산을 좋아하는 사람은 누구나

산을 보면 정상에 오르고 싶어 한다

아무도 오르지 못한 처녀봉이라면

더욱 구미가 당겨 침을 흘린다

정상의 매력 앞에

꿈틀거리는 욕망

높을수록 더욱 미치게 하는 아름다움

정복한다면 죽어도 좋을 성 싶다

정상에 도전하는 과정은 험난하다

정복의 의지는 불타고

높을수록 유혹의 물결은 거세다

흥분은 땀을 흘리게 하고

오르는 절벽은 숨소리를 거칠게 한다

위험도 감수하며

집중하고 사력을 다해야 한다

정상에 오른 쾌감을 그대는 아는가

산속에 든 한 마리의 짐승이 되어서

얏호, 환호성 하나로

흥분에 부르르 떨며

괴성을 지를 수밖에 없도록 만드는

정상정복(頂上征服)

정말 죽어도 좋을 것 같은 순간

그 기분을 그대는 아는가

- 도전받는 정상 -

구멍 후벼 파기

우리 몸에 구멍이 몇 개 있다

심심할 땐 그 구멍들

후벼 파는 재미도 쏠쏠하다

무엇이 이보다 더 시원할 수 있는가

가려운 귓구멍 후비는 일

지지분히디고 히지 말라

콧구멍 후벼 코딱지 파내는 일

간질간질하면서 느낌이 좋아

길들여지면 손이 자주 간다

저희들도 다 그 재미 알면서

저희들도 다 그 행동 수시로 하면서

구멍 파는 것

너무 좋아하지 말라고 한다

- 구멍 후벼 파기 -

피부에 있는 땀구멍은 그렇다 치고 우리 몸에는 여러 종류의 구멍들이 있다. 그 구멍들이 막힌다면 불구자가 되고 불편할 수밖에 없다. 구멍 관리를 잘해야 한다. 후벼 파는 짜릿한 재미 때문에 함부로 다루어서는 안 된다.

다 오세요

전도를 하다 보면 "아직 담배를 끊지 못해서", "아직 술을 끊지 못해서", "지금은 바빠서" 등의 이유로 지금은 교회에 갈 수 없다는 사람이 꽤 많다. 교회에 다니려면 술, 담배를 끊어야 좋다는 것을 저들이 더 잘 안다. 그러나 모두가 핑계다. 술, 담배 끊고 경건하고 도덕적인 인물이 되어서 오겠다니 그게 언제일까? 그게 가능할까? 그렇게 완벽한 사람이 교회에 올 필요가 무엇인가?

예수님은 건강한 사람에게는 의원이 쓸데없다고 하셨다. (눅 5:31) 병자에게 의원이 필요하다. 부족하고 무능하고 허물이 있고 죄가 있기 때문에 교회에 와야 하는 것이다. 와서 깨끗함을 받고 구원을 얻고 변화가 되어야 한다.

나는 교회에 담배 피우는 사람들의 모임도 만들고, 술고래 구역도 만들고 싶다. 문턱을 낮추어 그런 사람들이 찾아와서 변화되었으면 하는 것이다. 사실 교회라는 곳이 죄인이요, 부도덕한 사람들이 찾아와서 은혜를 깨닫고 새사람의 길을 걷는 공동체가 아닌가? 처음부터 의인이 되어 모이는 곳이 아니라 죄인들이 찾아와서 예수 그리스도의 은혜로 값없이 의롭다 함을 얻는 곳이다.

나중에 시간이 나면 한 번 믿어보겠다 하는 자들이여, 당신은 당신의 앞날에 대하여 자신이 있는가? 젊고 패기에 넘치는 시간은 몽땅 세상에 바치고 늙고 힘들어서 아무 일도 하기 어려울 때 교회에 나오겠다는 말인가? 설령 그때 나온다 해도 당신은 하나님께 조금 미안할 것일세. 당신의 그 생각은 건전하지 못하지만 그래도 어떻게 하겠는가. 교회가 좋은 곳 아닌가? 어

서 오세요. 구원의 문은 당신의 숨이 끊어지기 전까지는 항상
열려 있으니까.

담배를 못 끊으셨다고요

걱정 말고 오세요

술을 아직 끊지 못하셨다고요

염려 말고 오세요

저는 아직 커피를 못 끊었답니다

커피가 술보다 나쁠 수 있습니다

저는 지금도 음식 절제를 못 하고 있습니다

과식이 담배보다 나쁠 수 있잖아요

그래도 예수 믿는 게 더 중요해서

그래도 구원은 받아야 해서

065
·
다 오세요

교회에 나옵니다

담배나 술, 못 끊는 것이 대수랍니까

예수 믿는 것보다

구원받는 것보다

더 중요한 일은 세상에 없습니다

더 시급한 일은 세상에 없습니다

두려워 말고 오세요

어서 오세요

- 다 오세요 -

영원한 사랑

사람들은 자신이 사랑할 사람을 찾는다. 그것은 또한 그 사람으로부터 사랑을 받고 싶은 욕구다. 영원히 사랑하는 사람을 품고 살고 싶은 마음은 그 사랑하는 사람 속에 나도 머물고 싶은 욕구다.

그런데 그 달콤한 사랑은 어디에 있는가? 그토록 만나서 나누고 싶은 사랑이 어쩌면 만나지는 순간 그 무게가 가벼워지는 것이 아닐까. 만나지 않고 그리워하는 것만 못하다. 언젠가 헤어지게 될 운명을 예비하는 것이 아닐는지 그런 의미에서 영원한 사랑은 없다. 영원한 분에게만 있는 사랑. 그것이 창조주의 사랑 아니겠는가. 사랑이신 그분 안에서 사랑하며 사랑받는 그것이 영원한 사랑이다.

당신을 만나기 전에

당신의 마음이 먼저 내게 다가오네

당신을 만나기 전에

나 또한 당신의 마음속에 미리 머물고 싶어

사랑은 그리워하는 것

만남은 순간

타올랐다 사그라지듯

헤어져야 하는 만남

차라리 나 멀리 두고 그리워만 하려네

당신의 마음만 끌어안고 있으려네

당신 또한 내 마음 붙들고 있다면

사랑은 영원하리

인생은 짧고

- 영원한 사랑 -

아내여, 오래오래 살게나

　아내와 내가 인연을 맺고 한집에서 같이 산 기간도 꽤 되었다. 돌이켜보면 오순도순 산 때도 많았지만, 아옹다옹 다투며 살 때도 없지 않았다. 부부싸움은 칼로 물 베기라고 하지만 다투고 나면 한동안은 서먹서먹해야 했다. 서로 마주 보기만 해도 행복했던 시절은 금방 지나가고 무덤덤하게 보낸 날들이 더 많았던 것 같다. 나중엔 서로 마음이 맞지 않아도 그러려니 하고 지내는 것이 편했다. 아내도 그랬으리라.

　그러면서 우리는 서서히 늙어 갔고 이제는 종심(從心)을 향해 가게 되었다. 그런데 이상하다. 전에는 있어도 그만, 없어도 그만일 것 같던 아내가 이제는 없으면 안 될 것 같다. 무슨 고민 때문인가, 잠들지 못하고 뒤척이는 걸 보면, 안타깝고 축 늘어져 곤하게 잠든 모습을 보면 측은한 생각이 든다. 이렇게 그냥 헤어져 보내서는 안 될 것 같다. 아내를 위해서가 아니라 내가 안 될 것 같다.

그러고 생각하니 부족한 사람 만나서 아내가 고생을 너무 한 것 같다. 그래서 여자는 두레박 팔자라 했나. 남자 잘못 만나면 여자는 평생 동안 고생을 해야 한다. 그런데 사람이 얼마나 이기적인가? 이 사람 없으면 내 꼬락서니가 엉망일 것 같다는 생각에까지 미치니 겁이 난다. 팔뚝이 쑤신다느니 배가 아프다느니 하는 소리만 들어도 행여 위험한 병이 아닌가 하여 덜컥 걱정이 든다. 사실 나는 지금까지 세탁기 돌릴 줄도 모른다. 밥통에 밥이 들었다는데 열 줄을 몰라서 굶은 때도 있다. 남정네라는 구실로 힘들게 했구나 싶다. 그럼에도 잘 참아준 것이 너무 고맙다.

이래서 부부는 살다 보면 미운 정도 들고 고운 정도 든다고
했는가. 이제는 건강 걱정을 서로 하면서 산다. 어떤 실없는 사
람은 우리 부부가 닮았다고도 한다. 좋으라고 하는 말이겠지만
마음 맞추려 하다 보니 모습도 닮았는지 모르겠다. 지금 소원
으로는 그냥 건강하게 오래 살아줬으면 좋겠다. 긴 세월이면서
도 짧은 한평생, 같이 살아준 것이 이렇게 고마울 수가!

아내여,

나 없으면 심심할 터인데 오래 살게나

당신 놀리는 재미로 사는 나에게

당신은 오래 살게나

순박한 것인지, 어리석은 것인지

반어법이나 비유법에 익숙하지 못해서

곧이곧대로 듣다가 나중에 깨닫고 화내는 모습

당신은 아직도 나에겐 천진한 소녀

아무 옷을 걸쳐도 당신은 청초하다

미니스커트를 입어도 어울릴 걸세

행여 다 늙었다고 자조하지 말게나

빨간 루주 칠한 화사한 얼굴

하이힐 신고 낭창낭창하게 걷는

아직도 나는 그 모습을 지우고 있지 않다네

나를 즐겁게 하기 위해서 태어난 당신

나를 괴롭게 하기 위해서 태어난 당신

나 아니면 당신의 짜증을 누가 받아주겠는가

털털한 것을 소탈한 것으로 착각하는 나에게

당신은 답답할지 몰라도

나에겐 당신의 잔소리가 필요하지

나도 서툴지만 세상 사는 방법

그래서 천생연분이라 하는지

당신도 숙맥인 건 마찬가지

세상에 당신 같은 사람만 있다면 얼마나 좋을까

나도 살아가기가 수월할 터인데

나를 위해서 당신은 오래 살게나

젊어 이래 고생시킨 것, 앙갚음하면서

오래오래 살게나

나 때문에 당한 가난과 서러움 곱씹으면서

지독하게 이를 악물고

아프지 말고 오래 살게나

왜 그리 몸도 마음도 지지리 허약하게 태어났는가

하루라도 당신이 없으면 집안이 텅 빈 것 같은데

한 달 이상 비우면 그 허전함을 어떻게 하라고

아내여, 오래오래 살게나

사랑한다는 말 같은 것

우리에게는 아직도 쑥스럽기만 한 사치스런 언어

세련되지 못한 언어를 구사하고

숙달되지 못하여 어설픈 행동

그래도 이웃에게 폐 끼치지 말고 살고자 한

　당신이여

그냥 오래 오래만 살게나

- 아내여, 오래오래 살게나 -

할아버지의 마음

우리 내외는 독생자를 두었다. 목회를 하면서 성도가 다 자식 같을 터인데 하는 생각과 자식이 많으면 교회에 부담되지 않을까 하는 생각 등으로 머뭇거리다 기회를 놓쳐 하나만 두었다. 그 하나마저 결혼을 시켜 내보내고 나니 집안이 을씨년스러울 때가 있다. 하나쯤 더 둘 걸 하는 후회가 요즘 부쩍 든다.

거기에다 요즘엔 손주 생각이 문득문득 난다. 내가 늙었다는 증거 같다. 하나밖에 없는 자식이 나이를 먹어도 장가들 생각을 안 해서 우리 내외를 괴롭게 하더니 반강제로 장가라고 보내 놓았더니 이제는 자식을 낳지 않아 우리들 마음 고생을 시키고 있다.

결혼한 지가 3년이나 지났다. 3년이면 결코 짧은 세월이 아닌
데 소식이 없다. 왜 그러느냐, 몸에는 이상이 없느냐 하고 물어
도 신통한 대답을 안 한다. 오히려 그게 무슨 걱정이냐고, 몸에
는 아무 이상이 없다고 대수롭지 않게 말한다. 지 아비, 어미
걱정은 아랑곳하지 않는다.

저희들은 태평이고 우리 내외만 조급하다. 남들은 내 나이에
손자가 결혼하여 자식을 두는 사람도 있는데 나는 이게 뭔가.
어느 날 답답하기도 하고 기다려지기도 해서 이런 글을 써보기
도 했다.

처음 만나는 너는 대체 어떤 모습일까
궁금함을 넘어 이제는 초조하다
첫 대면을 위해 너는 준비 중인가

할아버지의 마음

내 마음은 설렌다

선남선녀가 맞선의 시간을 기다리는 것처럼

나의 하루하루는 흥분이다

기약이야 하지 않았지만

속히 달려오너라

나래를 곱게 펴고 내 품으로 날아와

흡족하게 우리의 사랑을 받아주거라

너는 천사의 눈과

백합의 마음을 갖고 있겠지

그래서 네 숨소리와 웃음과

심지어 울음까지도

내 마음을 녹여내겠지

어서 와서

허공을 향해 허우적거리기도 하고

눈웃음도 치고

새근새근 잠들었다가 깨어

우렁차게 울어도 보라

하나님의 은혜가 있는 이 세상과

사랑이 넘치는 우리 가정

아가야, 주저하지 않아도 된다

머뭇거리지 말거라

힘은 들어도 살만한 곳이다

내 가슴과 손이 지금 허전하다는 것을

너는 아느냐, 아가야!

- 첫 대면 -

요즈음은 친구들이 은근히 제 손주 자랑을 하면서 "네 아들은 아직도 아이가 없느냐?"고 물을 때가 곤혹스럽다. "곧 생기겠지. 그게 어디 억지로 되는 일이야?" 하면서 별일 아니라는 듯 응수하곤 했는데 이제는 그게 아니다. 3년이 넘어도 소식이 없으니 내심 조바심이 생긴다. 이러다간 죽기 전에 손주 한 번 안아보지 못하는가 하는 방정맞은 생각이 들 때도 있다.

　어느 날, 정년퇴임을 한 친구에게 전화를 했다. 농담 삼아 "애 보고 있는가?" 하고 물었더니 이 친구 하는 말, "야, 이 녀석이 나를 미치게 한다!" 하는 게 아닌가. 나는 실업자가 돼서 집안에 틀어박혀 할 일 없이 애나 보냐는 식으로 물은 것인데 실제로 애를 보고 있었던 모양이었다. 그리고 그렇게 예쁘다고 했다. 손주가 없는 내가 오히려 당한 꼴이 되었다.

　언젠가 나에게도 천사 같은 손주가 찾아오겠지만, 지금은 어서 와 주었으면 하는 생각뿐이다. 그 무엇을 이렇게 기다려본

적이 없었던 것 같다.

내 사랑하는 아가야

어서 오너라

하늘을 훨훨 날아 나비처럼 오던지

산들바람 타고

살금살금 발소리 감추며

요정처럼 와도 좋다

할아버지는 네가 언제나 올까

창문 열어놓고 기다린단다

어떻게 생겼을까

눈망울은 하늘의 별처럼 빛나겠지

·
할아버지의 마음

얼굴은 새벽에 핀 장미꽃처럼 화사하겠지

들국화처럼 심성은 향기로울 거야

궁금한 것이 이렇게 많아서

주책없이 부끄러운 줄도 모르고

상상의 나래를 펴보는구나

보고 싶다

안고 싶다, 아가야

업어주고도 싶고

장난감과 과자도 사주고 싶다

그리고 무엇보다

할아버지와의 추억을 안겨주고 싶구나

지체 말고 오너라

내 힘이 부치기 전에

네 해맑은 얼굴을 보여주어라

내 사랑하는 아가야

- 내 사랑하는 아가야 -

가장 행복했던 날

일생을 살아가면서 행복을 느낀 사건이 어디 하나둘이겠는가. 나의 그 많은 사건 중에서 손으로 꼽으라 하면 우리 아들의 결혼식도 빼놓을 수 없다.

그 날은 하루 종일 마음이 그렇게 좋을 수 없었다. 예식을 마치고 나서 '우리에게 아들이 하나만 더 있다면 이런 행복을 또 한 번 맛볼 수 있을 텐데' 하는 생각까지 들었다. 신랑인 우리 아들도 멋졌고 며느리 될 신부도 우아하고 아름다웠다. 나는 우리 아들 내외의 행복을 기원하며 가족을 대표하는 인사 순서에서 이렇게 낭송했다.

같이 바라보자고 약속하거라

저 바다 끝의 항구

같이 걷자고 약속하거라

저 새들이 노래하는 오솔길

같이 생각하자고 약속하거라

저 하늘의 별, 그 존재 의미

둘이 하나 되어 걸으면

바람 부는 광야도 복사꽃 화사한 아침

가장 행복했던 날

둘이 하나 되어 저어가면

풍랑 이는 바다도 거울 같은 호수

둘이 하나 되어 생각하면

헝클어진 세상도 평화의 나라

서로 의지하며 걷거라

저 영원한 나라까지

천천히 그러나 부지런히

어깨동무하고 걷거라

시선을 같이하면

아롱거리던 꿈이 손에 잡히고

마음 포개면

살며시 안겨오는 행복

네 아늑한 보금자리에 절대자 계시니

찬양하거라

일어나면서, 새날 주심을

주님의 평강 오롯이 고이리니

올리거라

감사의 기도를

두 손 마주 잡고 자리에 들기 전에

– 결혼하는 아들에게 –

가장 행복했던 날

당신과 나 사이

어색함 없이 당신과 나는

한 지붕 밑에서

같은 이불을 덮고 자네

어떤 날은

무척 낯선 당신

서먹서먹한 우리 사이

말소리조차 들리지 않을 만큼

간격이 너무 머네

주님이 우리 사이에 계시지 않는 날

– 당신과 나 사이 –

　부부는 무촌(無寸)이다. 촌수를 따질 필요가 없는 가까운 사이이다. 한편 촌수를 따질 이유도 없을 정도로 멀어질 수 있는 관계이기도 하다. 생각해 보면 어떻게 남남끼리 이렇게 만날 수 있을까. 신비한 관계다. 그러면서도 위험한 관계다.

　살다 보면 "이는 내 뼈 중의 뼈요, 살 중의 살이라"고 감탄만 할 수 없지 않은가. 남자가 부모를 떠나 그의 아내와 합하여 둘이 한 몸을 이룬 관계일지라도(창2:23-24) 일이 꼬이다 보면 하찮은 일로도 티격태격할 때가 생긴다. 그리고 아무리 부부싸움을 가리켜 칼로 물 베는 것으로 표현하지만 아웅다웅하고 나면 서로의 마음에 상처가 남고 한동안 서먹서먹해진다.

하긴 서로 개성이 다른 사람이 어떻게 늘 마음이 맞기만 하겠는가. 실로 화목을 위해서는 끝없는 인내와 고도의 기술이 필요하다. 다른 말로 말하면 서로 맞춰가며 사는 것이다. 그러나 무엇보다 부부로 짝지어주신 하나님을 내 가정의 왕으로 모시고 사는 일이다.

호박씨

"호박씨 까 모아서 한 입에 털어 넣는다"라는 속담이 있다. 아등바등해서 모아 놓으면 전혀 생각지도 않은 엉뚱한 곳에 들어갈 곳이 생겨서 그동안의 모든 수고가 허사가 되는 경우에 쓰는 말이다.

우리는 서민이다. 서민이 살아가는 얘기 한 토막만 해야겠다. 우리가 서민이니 우리가 살아가는 얘기가 곧 서민의 살아가는 얘기가 아니겠는가.

어쩌다 아내 따라 재래시장에라도 가면 뒤에서 물건 사는 아내의 모습을 보기가 민망할 때가 있다. 이건 아주 수악한 깍쟁이다. 값을 에누리하기도 하고, 고추 한 개라도 더 얹어 온다. 그런 걸 보면서 나는 멋쩍은데 아내는 아무렇지 않게 잘한다. 익숙하고 능숙하다. 그런 걸 아무렇지 않게 보아주는 주인을 보면 애교로 받아주는 것 같다. 이런 아내는 살림꾼인가.

어떤 때는 물건을 사고 나서 대금을 나보고 지불하라고 한다. 왜 그러느냐고 물으면 자기는 큰돈밖에 없단다. 오만 원권이나 만 원권을 깨트릴 수 없으니 내 잔돈으로 해결하라는 것이다. 계산적으로 하면 고액권 주고 잔돈 받으나 내게서 나간 잔돈이나 그게 그것 아닌가. 그런데 굳이 내 주머니에서 잔돈을 받아내려 한다. 쩨쩨하고 속이 보인다. 그렇지만 어떻게 하나? 발리고 만다.

그렇게 푼돈 아껴서 무엇을 하겠다고. 그렇게 아끼고 모아서 언제 목돈을 만들겠다고. 또 그렇게 아껴 모은 돈이 어떻게 쓰이는가. 엉뚱하게 쓰이는 것을 나는 자주 봤다. 호박씨 하나하

나 까 모아서 한입에 털어 넣고 마는 일이 생기는 것이다. 그래
도 부유한 사람들이여, 비웃지 마라. 세상에는 그렇게 살면서도
우리처럼 행복한 사람 없다고 자위하는 사람이 있다는 사실을.

아내가 좋아하는 잔돈

보였다 하면 냉큼 돼지저금통처럼 받아둔다

푸성귀라도 사러 시장에 가는 날

어찌하여 따라갔다가는 영락없이 당한다

큰돈 깨트리기 싫다고

잔돈 있으면 내놓으라고 다그치는데

누가 당하랴

그게 그건 줄 알면서도

민망해서 주머니 뒤져 내놓으면

염치도 없이 잽싸다

큰돈 그렇게 아껴서 어디다 쓰려느냐고

허실 삼아 물으면

목돈 만들어야 한단다

목돈 어떻게 만드는가 볼라치면

아들 녀석 자동차 보험료 고지서 날아드는

그 날이 허망하게 목돈 장사 치루는 날

호박씨 까서 또 한입에 넣는구나

– 호박씨 –

제가 잘못했습니다

평상시에는 하지 않으시던 말

아니, 할 수 없으셨던 말

곁에 둘 수 없다고 늘 체념하고 사시던 어머니

봄볕이 찬란하던 그 어머니 날

잠깐 찾아뵙고 인사나 드리겠다고

들렸다가 돌아오던 날

대문 앞까지 따라 나오셔서

가지 마라

애원에 가까운 울먹이던 음성

나는 왜 뿌리치고 그냥 나왔을까

자식이라는 이유 하나로

붙들어두고 싶은 원초적 마음

잔인하리만큼 묶어두고 사셨던 그 마음

왜 나는 모질게 묵살하고 돌아왔을까

얼마나 사무쳤으면

늙고 정신이 혼미해진 그 날에

너는 네 일을 해야 한다며

강인한 인내력을 보이던 어머니께서

그날엔 어찌 나를 붙들고 싶으셨을까

나는 지금도 압니다

보내고 나서

처마 밑 뒤란에 서서 내 가는 길을

보이지 않을 때까지 서서 바라보시고

눈을 닦으며 바라보시고

보이지 않아도 한동안 바라보시던

어머니, 이제는 제가 그 벌을 받습니다

제가 잘못했습니다, 어머니

- 제가 잘못했습니다 -

내가 주눅이 드는 어버이날이 돌아온다. 나는 불효자다. 부
모님의 마음을 편안하게 해 드리지도 못했고, 헤아려 드리지도
못했다. 경제적 형편이 어렵다는 핑계로 언젠가는 잘 모셔야지
하는 마음만 가지고 세월을 많이 보냈다. 시골에서 소식 없는
우리 소식을 부모님은 얼마나 고대하며 사셨을까?

내가 지금 자식을 결혼시켜 내보내고 살다 보니까 절실하게 느껴진다. 전화 통화 한 번이 얼마나 소중한가. 사람은 외로운 존재구나! 어머니 말년에 내가 몇 년 모셨지만 결국 내 목회 생활과 도회지 생활에 적응하지 못하시고 고향으로 돌아가셨다.

나는 목회에 충성하려면 부모님을 잘 모시지 못하게 된다는 어리석은 생각을 했다. 알량한 목회자의 길을 걸으면서 말이다. 마치 바리새인들과 서기관들처럼 "고르반" 하면서 부모에게 드릴 것을 하나님께 드림이 되었다고 생각한 것처럼 외식했다. (막7:11)

그게 언제던가. 아버지 돌아가시고 어머니만 형님네 집에서 사실 때, 나는 급한 볼일로 고향 근처를 다녀올 일이 있었다. 나는 내려간다는 소식도 없이 불쑥 형님댁에 들렸다. 형님 내외가 외출 중에 어머니만이 덩그러니 빈 집을 지키고 계셨다.

나를 보시고 그땐 정신이 조금 흐려진 상태임에도 금방 알아 보시고 "왔냐?" 하면서 일어나 달려드셨다. 그 앙상하신 몸, 아, 나는 그런데 하룻밤도 어머니와 같이 보내지 못하고 돌아와야 했다. 어머니가 이제 가야 한다고 일어서는 나에게 "가지 마라!" 하시는 게 아닌가. 지금까지 아버지나 어머니께서 일어서는 우리에게 '가지 마라'고 하신 일이 없었다. "우리는 잘 있으니까 가서 너희 일이나 잘들 하거라" 하시면서 보내주셨던 분들이었다. 그래서 우리는 우리 부모님은 으레 그런 분이라 생각했었다. 그런데 그날은 나를 붙드시는 것이었다. 그 손을 뿌리쳤다면 그게 불효 아닌가. 얼마나 곁에 두고 싶으셨겠는가? 지금도 그때를 생각하면 얼굴이 화끈거린다.

그 손을 냉정히 뿌리친 불효 자식이 지금 살아서 이 글을 쓴다. 일생을 자식들을 위하여 희생만 하셨던 분들. 보고 싶다는 원초적 감정도 감추고 사셨던 부모님. 무슨 영화를 보겠다고 그러셨을까. 그립다. 보고 싶다.

·
제가 잘못했습니다

산 사람은 사는 거여

죽은 사람만 떠나는 거여

죽으면 떠나는가

떠나면 죽는 건가

떠난 후에도 여전히

가슴 속에 살아있는 건 뭔가

아직도

뭉클하게 만져지는

당신의 음성

산새 날아간

해 질 녘이면

바람처럼 나타나는

구원(久遠)의 여인

- 여전히 살아계시는 당신 -

형벌

나도 부모의 자식으로 태어나 자랐지만, 부모와 자식의 마음은 천지 차이가 있는 것 같다. 어찌 자식이 자신을 낳고 길러주신 부모에 대한 애정이 없겠는가. 그렇다 해도 부모가 자식을 생각하는 마음에 크게 미치지 못한다.

그래서 예부터 자식을 낳고 길러봐야 부모의 마음을 안다는 말도 있고, 부모에게서 받은 사랑을 자식에게 갚는다는 말도 있다.

자식은 아무리 효도를 한다 해도 때로는 절로 큰 줄로 아는 행동도 하고, 부모의 가르침을 고 시대의 유물 정도로 아는 경우도 있다. 간절한 충고를 지나친 간섭으로 여기기도 한다.

그러니 그런 지식을 내보낸 부모의 마음은 늘 불안하다. 내가 내 부모에게 잘못한 것에 대한 형벌인가? 심은 대로 거둔다고 했으니 그럴 법도 하다. 그래도 그런 자식을 위해서 부모는 늘 손을 모아야 한다.

연(緣)이란 무엇인가

아무리 품 안엣적 자식이라지만

너희를 떠나보내면서

연(鳶) 같기를 원했다

세상을 가볍게 여기지 말고

욕심껏 날아오르려다

곤두박질치지 않기를 위해

연줄을 풀어주었다, 잡아들였다 하는

얼레를 잡은 우리의 충고

너희가 귀담아듣기를 원했다

그러나 너희는

우리도 다 컸다고 했다

알만큼은 안다고 했다

간섭 없어도 잘 살 수 있노라고 큰소리쳤다

우리의 손을 떠나

풍선처럼 날아간 것이다

부모의 말씀조차 간섭이나 잔소리로 아는

어지러운 세상의 아이들아

외줄 타는 곡예사처럼

물가에 놓인 어린애처럼

위태로운 모습이 아른거려

새벽마다 두 손 모으는 걸 너희는 아느냐

잘 살겠지 하면서도

마음 놓지 못하는 것은

무슨 형벌이라더냐

– 형벌 –

떠난 그 자리

우리 교회에는 노년부라는 부서가 있다. 이름 그대로 연세가 많은 분들이 모여서 예배를 드리는 부서다. 물론 연세가 많은 분만 모이는 것은 아니다. 누구나 참여할 수 있지만 외로운 노년층을 많이 배려한다.

언제나 주일이면 나이 드신 할머니, 할아버지 50~60명이 모인다. 잘 나오시다 안 나오셔서 알아보면 교회에 알리지도 않고 장례를 치른 경우도 있다. 가족이 믿지 않고 혼자만 다녀서 가족이 모르는 경우다.

한 번은 할아버지 한 분이 병원에 입원했다는 연락이 왔다. 보훈병원에 입원해 있었다. 6·25 참전 용사였고 병명이 폐암이었나. 그동안 신앙생활을 같이한 정리로 문병을 하고 임종 때는 나라를 위해서 싸워주신 것에 대해서 감사의 인사도 드렸다. 돌아가신 후 유해는 화장이 되어 현충원에 안장되었다.

그리고 얼마 후 이형숙이라는 할머니가 예배에 참석하기 시작했다. 이럴 줄 알았으면 교회에 같이 다닐 걸 하고 후회하는 이 할머니는 지난번에 폐암으로 돌아가신 할아버지의 부인이었다. 그렇게 같이 나가자는 할아버지의 부탁을 뿌리쳤는데 돌아가시고 나니 후회가 된다고 주일을 거르지 않았다. 집 가까이에 있는 교회에 나가시라 해도 꿋꿋이 할아버지가 다니던 교회에 다니겠다고 찾아오시는 것이었다.

그런 할머니조차 어느 날 넘어져서 뼈가 부러졌다는 연락이 왔다. 노인이 넘어져서 뼈를 다쳤다면 이건 보통 문제가 아닐

터인데 하고 걱정했는데 뼈를 다친 것은 아무것도 아니었다.

　그동안 건강하다고 믿었던 할머니가 병원에서 치료 중에 암이 발견된 것이었다. 말기 환자였다. 그때부터 이 할머니는 치료를 거부하고 식사도 하지 않았다. 이유는 인생을 이만큼 살았으면 됐다며 어서 할아버지 계신 곳으로 가는 것이 소원이라했다. 이 할머니는 우리 교회에 나온 지 1년 2개월 만에 할아버지가 계신 곳으로 떠났다.

　어서 할아버지 계시는 천국에 가겠다고

　병이 깊었다는 진단반고부터

　음식도 들지 않던 할머니

　외로움과 가까이하며

　이럴 줄 알았으면 사셨을 때 같이 교회 다닐걸

아쉬워하던 1년 2개월

그리움이 사무쳤는가

이 새벽 일찍이 할아버지 곁으로 떠났다

아픈 몸 버려두고

훨훨 날아갔으리, 그 영혼

지금쯤 할아버지 만나서 얼싸안았을까

여기는 허전하다

떠난 그 자리

- 떠난 그 자리 -

웃고 있는 영정사진

　장례식장에 가면 빈소에 어김없이 고인의 사진이 걸려있다. 물론 생전에 찍어두었던 사진이다. 대체로 잘 찍힌 사진일 것이다. 조문객들에게 고인의 좋은 모습을 보여주고 싶은 가족들의 마음 아니겠는가. 요즘엔 일부러 영정사진을 미리 준비해 두고 있다. 누구나 한번 떠나는 것을 알기에 아무 감정 없이 준비해 두는 것 같다.

　대체로 영정사진을 보면 웃는 모습이다. 그러나 그 웃는 모습이 오히려 유족들이나 문상객들의 마음을 슬프게 한다. 저럴 때도 있었는데 하면서 인생의 허무를 느끼게 한다. 정이 좋은 사람들은 잠시 잠깐의 헤어져 있음도 서러워하는데 이제 이 세상에서는 다시 볼 수 없으니 그 마음인들 얼마나 아프겠는가?

나도 영정사진이 마련되어 있다. 일부러 영정사진용으로 찍어둔 것은 아니다. 사진관을 하는 친척을 둔 성도 한 분이 어느 날 나를 데리고 가서 기념으로 찍어주었다. 점잖게 한복을 입고 찍었는데 어리지도 않고 늙지도 않은 적당한 나이의 모습이다.

나는 그 사진을 나중에 내 영정사진으로 썼으면 하고 내심 생각하고 있는 것이다. 물론 그건 내가 할 일이 아니다. 그때 살아있는 가족 중에서 택할 일이니 내가 특별히 유언을 남기지 않는 한 어떻게 될지는 모른다.

사진 속의 주인공은 웃고 있는데 그 얼굴을 보고 아무도 웃지 않는 현장. 조문객들은 슬퍼하는데 오히려 영정사진은 웃고 있으니 이게 코미디 같다. 인생이란 게 한 편의 코미디인가?

영정사진의 주인공이 웃고 있다

흰 국화꽃으로 둘러싸여서

금방이라도 웃음소리가 들릴 듯싶게

무엇이 그렇게 즐거운가

네가 오늘의 주인공인 건 분명하지만

너는 유능한 코미디언은 아니구나

네 웃음 앞에서

우리는 아무도 웃지 않는다

인생은 코미디, 우리는 코미디언

우리의 시무룩한 표정으로도

너를 기쁘게 웃기고 있지 않는가

인생이란 게, 참!

                    – 웃고 있는 영정사진 –

해후

젊을 때는 희망으로 살고 늙으면 추억으로 산다는 말이 있다. 나이가 들면 간혹 지난 세월에 관계했던 사람이 문득 그리워질 때가 있다. 지금은 어디서, 어떻게 살까. 보고 싶다는 생각도 들지만, 대부분 봐서 뭘 해 하면서 체념한다.

당신은 그런 사람을 우연히, 정말 우연히 어떤 자리에서 만났다면 어떤 생각이 들겠는가? 물론 상황에 따라서 다를 것이다. 반가울 수도 있겠지만, 차라리 만나지 말았어야 하는데 하는 생각도 들 수 있다. 그 묘한 감정은 당신의 상상에 맡긴다.

한때 마음을 주고받았던 사람

살아있으니 만날 기회도 있었다

친구의 자식 결혼식장에서

서로 축하객이 되어 만났다

잘 지냈어요?

엉겁결에 손을 잡았다

예

그도 거부하지 않았다

그리고 우리는

더 이상 아무 말도 하지 않았다

서로의 마음을 알고 있다는 듯이

서로의 마음을 모르고 있다는 듯이

잘 지냈겠지

해후

그러나 잘 지낼 수만 있었겠는가

지나온 세월이 얼마인데

얼마나 많은 소용돌이가 있었는데

어쩌자고 하루해 다 지난 이 저녁 무렵에 만나

반갑게 잡은 손 어설프게 놓아야 하는가

하고 싶은 말이 너무 많아서

하고 싶은 말이 너무 없어서

- 해후 -

지은이_ 전종문

주소_ ☐1☐8☐1 서울특별시 강북구 덕릉로 63(수유동) 수유중앙교회

전화_ 02-991-3742

핸드폰_ 010-2377-3742

E-mail_ jesus4sy@hanmail.net